AF246627

LETTRE

À

L'OCCASION DE LA DÉTENTION

DE

S. E. M. LE CARDINAL

DE ROHAN,

À LA BASTILLE.

1785.

Neque si quis scribat, uti nos,
Sermoni propiora, putes hunc esse poetam.

Horat. L. I. Sat. 4.

Toute l'Europe a les yeux tournés vers la France & vers ces murs malheureux, qui, après avoir renfermé tant de grands hommes dans plusieurs siècles différens, ont reçu depuis peu Monsieur le Cardinal de Rohan. Les causes de sa détention & les circonstances qui l'ont accompagnée, occupent tous les esprits. C'est un sujet qui n'offre encore au Public aucun ensemble sans laisser voir en même tems des oppositions marquées qui en détruisent les plus justes conséquences.

D'abord, d'après les reproches que la Reine fait à Monsieur le Cardinal, doit-il pour sa justification persuader qu'il s'est cru chargé de

)(*

fa part de la commiffion de lui acheter ce collier fi funefte ? Non: il a été déçu par Madame de la Mothe. Il a bien cru que les
ordres de la Reine s'adreffoient à elle, que les
écrits étoient véritables; mais il s'eft regardé
comme un agent que la Reine même ignoroit,
& auquel Madame de la Mothe avoit recours
fans fon aveu. Eft-il vraifemblable qu'il puiffe
s'être entendu avec Madame de la Mothe ?
Doit-on conclure du trouble qu'il a éprouvé
chez le Roi, qu'il eft coupable ? Et fi la lettre
par laquelle il attefte que les bijoux ont été
remis à la Reine, n'eft pas un témoignage en
faveur de fa confiance & de fa bonne-foi, la
manière dont il perd de vue le bijoutier fans
prendre aucun précaution contre fes pourfuites,
n'en eft-elle pas la preuve la plus indubitable ?

On doit louer la bonté du Roi, qui n'entre
dans aucune des circonftances de l'intrigue qu'il
croit avoir exifté entre Monfieur le Cardinal &
Madame de la Mothe. Il eft à fuppofer que
le Prélat, d'abord confondu, quoique peut-
être innocent, d'être foupçonné dans une telle
relation avec une telle femme, auroit eu peine
à fe juftifier, même avec toute fa préfence
d'efprit, fans faire voir en même tems qu'il
falloit que quelque foibleffe peu convenable à

fa dignité eût précédé la confiance avec laquelle Madame de la Mothe le choifit parmi toute la Cour, ou du moins parmi les perfonnes de la Cour affez riches pour être une garantie fuffifante. Monfieur le Cardinal voyant combien il étoit difficile de fe défendre fans fe compromettre, eût cherché vainement une tournure qui ne le laiffât pas en jeu d'une autre façon, & c'en étoit affez pour le troubler. Il falloit favoir à quel propos Monfieur le Cardinal avoit connu Madame de la Mothe, quel genre de liaifon il y avoit eu entre elle & lui, comment & où ils pouvoient s'être vus. Monfieur le Cardinal fe repréfentoit une confrontation de témoignages que Madame de la Mothe devoit outrer pour fa juftification ; il fe voyoit engagé dans une affaire dont le moindre écueil étoit d'avoir compromis fon caractère.

Si je faifois des fuppofitions en faveur de Monfieur le Cardinal, je dirois que, dans le petit nombre de perfonnes que le Sieur *Bohmer* eût accepté pour caution de 1400 mille livres, il étoit le feul auquel Madame de la Mothe devoit s'adreffer, puifque les reffources pécuniaires qu'elle cherchoit prefque journellement dans les antichambres de Verfailles, préfentent clairement le titre auquel elle a pu connoître Monfieur le Cardinal, c'eft-à-dire, celui de l'indigence qui recourt aux grandes aumônes. L'état de fortune de Madame de la Mothe prouve qu'il ne l'avoit pas affez connue & fuivie pour qu'on croie entre eux une liaifon de complicité fi effentielle. Car les befoins, même étendus, d'un être qui eût fait fes plaifirs & qui devoit devenir un autre lui-même fous le rapport de l'intérêt le plus preffant, celui de fon falut, ne devoient pas être, dans la fomme de fes prodigalités journalières, un objet affez confidérable pour qu'il fe fût refufé d'y fatisfaire. On ne fauroit, avec autant d'efprit & auffi peu de flexibilité qu'en a Monfieur le Cardinal, fe mettre dans l'efclavage d'une efpèce de proftituée, qui n'ayant rien à perdre & rien à quitter, puifqu'elle ne tenoit à rien, pouvoit avec les moyens qu'on lui fourniffoit & en s'affranchiffant des refforts de la juftice du Royaume, déshonorer du jour au lendemain, & faire le malheur & la défolation de celui qui fe feroit fi imprudemment & fi honteufement livré à elle. Madame de la Mothe, chargée de la vente des bijoux, y trouvant en raifon de leur valeur & de tous les rifques auxquels elle s'expofe, un lucre qui doit faire fa fortune, voudroit-elle refter dans les lieux où elle voit journellement ceux qui d'un inftant à l'autre peuvent devenir les témoins & les juges de fon crime? En fuppofant quelque bon-fens à cette femme, (& affurément il falloit avoir d'elle plus que cette opinion pour agir comme eût fait Monfieur le Cardinal,) fa première penfée devoit être le plan qu'elle eût formé, qui, en la fouftraïant aux menaces des loix, la mettoit à même, dans fon nouvel état d'af-furance & de tranquillité, de faire au moins foupçonner par quelque trait reffemblant, & peut-être par fon aveu même, la connivence de Monfieur le Cardinal. Sans-doute on ne devoit pas préfumer qu'elle eût pu jamais dé-voiler fon fecret. Mais, peut-être au bout de quelques années réduite à de nouveaux ex-pédiens, peut-être prenant imprudemment, dans une paffion, en quelqu'autre moins dif-pofé qu'elle à devenir coupable, la même con-fiance qu'on auroit eue en elle : que fais-je? peut-être même interrogée & jugée pour quel-que nouveau crime, & toujours (ce qui fuffi-foit pour être un fujet d'alarme continuelle) éloignée de Paris & loin des yeux de Mon-fieur le Cardinal, il ne devoit penfer jamais à fe tranquillifer fur les fuites & les dangers d'une telle action.

Voilà les premières combinaifons qui fe fe-roient préfentées d'elles - mêmes à l'efprit actif

& pénétrant de Monsieur le Cardinal, s'il eût supposé à Madame de la Mothe une intrigue assez fine & assez raisonnée pour pouvoir prendre en elle une confiance aussi absolue. La conduite qu'elle a tenue dans tout le cours de cette menée, prouve combien ce jugement étoit trop avantageux pour qu'il le portât. Mais n'est-il pas vraisemblable au contraire que Monsieur le Cardinal, sachant que Madame de la Mothe recevoit des bienfaits de la Reine, a dû croire qu'elle étoit dans quelque liaison avec les femmes de la Reine, & qu'elle pouvoit par cette voie être chargée d'une commission secrète? Il est connu que Madame de la Mothe n'eut recours à lui qu'après avoir été éconduite par le bijoutier, qui, sachant sans-doute mieux que Monsieur le Cardinal de quelle façon Sa Majesté fait ses emplettes, n'a pas trouvé les assurances de Madame de la Mothe assez positives. Cette manière de voir, dictée par l'esprit prévoyant & attentif d'un commerçant, ne devoit pas être celle de Monsieur le Cardinal, auquel l'espoir de plaire à la Reine tenoit lieu de tout intérêt, quelque considérable qu'il fût.

On lui produit des lettres signées de la main de la Reine, qu'il ne connoît pas. Comment oferoit-il imaginer une audace pouſſée juſqu'à ce point ? Il étoit naturel, ce me ſemble, qu'il crût ſur la foi d'un pareil écrit, pouvoir riſquer de faire ſa cour à la Reine, en lui évitant la peine d'en ſolliciter quelqu'autre, & en lui laiſſant apprendre comme par haſard l'empreſſement avec lequel il s'y étoit porté. Avoit-il quelque doute que la Reine n'eût pas reçu les bijoux lorſqu'il écrit au Sieur *Bohmer*, lorſqu'il lui répond de 1400 mille francs qu'il croit payables par la Reine ? Qu'on en juge par les réponſes qu'il lui fait lorſqu'il ſe préſente au premier terme ; c'eſt à la Reine qu'il l'adreſſe. Puiſqu'il ſavoit qu'une telle ſomme eſt toute la fortune de pluſieurs bijoutiers des plus riches, & qu'il ne pouvoit pas douter d'exciter les clameurs du Sieur *Bohmer* en le renvoyant ſans le ſatisfaire, en le traitant ſans ménagement, voilà le trait le plus clair pour la cauſe de Monſieur le Cardinal. Il avoit mille voyes pour retarder ſa délation. Mais que pouvoit-il faire, dira-t-on ? Trop de démarches l'expoſoient & le faiſoient ſoupçonner. Quelle foible raiſon contre la ſuite néceſſaire ! Craindre encore d'être ſoupçonné quand on eſt près d'être convaincu ! Comment devoit ſe terminer une telle affaire portée devant le Roi ? Cette idée devoit toujours être préſente à ſon esprit. Il ne lui reſtoit que de charger Madame de la Mothe, & ce devoit être le ſeul but de ſon plan. Ce moïen étoit ſi marqué, qu'il faut abſolument qu'il n'ait eu aucun ſujet d'inquiétude pour ne pas penſer à s'en ſaiſir auſſi fortement qu'on embraſſe une poutre dans un naufrage, & pour ne l'avoir pas eu tout prêt parmi les réponſes qu'il devoit faire. Il avoue bien avoir été cruellement trompé; mais c'eſt une idée qui ſe préſente comme la première; ce n'eſt pas une défaite ſur laquelle il inſiſte comme de propos délibéré. On voit qu'il eſt ſurpris, qu'il n'a rien préparé, rien réfléchi, & que par conſéquent il eſt innocent; puiſque les démarches néceſſaires du bijoutier, & le tems que lui-même auroit eu depuis l'emplette du collier pour ſe préparer d'avance à la tournure de cette affaire, lui euſſent évidemment montré qu'il ne pouvoit ſe ſauver qu'en accuſant Madame de la Mothe.

Monſieur le Cardinal appellé, comme il le croit, pour faire ſes fonctions de grand-aumônier, ſe trouve devant un Tribunal qui l'a déjà condamné. La Reine qui n'aime point la perſonne de Monſieur le Cardinal, puiſque depuis huit ans elle ne lui a pas adreſſé la parole, mortellement offenſée de l'abus qu'on fait de son nom & de son crédit pour une affaire d'intérêt, & de cette nature, a fait part au Roi de ce qu'elle sait & de ce qu'elle a démêlé. Ses justes sentiments ont gagné le Roi, & les Ministres ne contrarient point Leurs Majestés, puisqu'ils ignorent peut-être eux-mêmes de quoi il s'agit.

Quel contraste de ces dispositions avec celles dans lesquelles Monsieur Cardinal s'est présenté! Quel choc ne dut pas en résulter, & pouvoitil ne pas en être terrassé comme d'un coup de foudre qui le prive de l'usage de ses sens, & qui triomphe de ses forces vaincues dans la surprise & l'étonnement de la plus horrible des humiliations? Un quart d'heure suffit-il pour se remettre d'un tel anéantissement, quand on est habitué de n'entourer les rois que pour être le dispensateur des graces qu'ils doivent répandre, & quand celles qu'on est dans le cas de leur demander, le font par une famille entière, la plus grande & la plus respectable, à laquelle se joint par l'alliance du sang un prince qui lui-même est sur les marches du trône, enfin lorsqu'elles peuvent sembler méritées à un titre de justice. Car qu'est ce que le trône, sinon l'échelon le plus élevé d'un Etat, auquel le plus voisin est le plus nécessaire pour le soutenir ? La base peut manquer, tout s'affaisse, & tout est encore à sa place. Mais que le soutien immédiat vienne à manquer, le sommet est au moins ébranlé, s'il ne croule pas. Le caractère fier de Monsieur le Cardinal a aliéné de lui l'esprit de tous ceux qui luttoient de distinction avec lui, & qui se voyoient avec envie à la suite de sa maison, que le rang de Prince met dans la classe la plus voisine du Monarque. Ses goûts toujours ardens & démesurés l'empêchoient d'estimer assez ce qui ne le regardoit pas directement ; & quoiqu'affable & poli lorsqu'il faisoit attention à ceux qui l'approchoient comme un Grand, il lui arrivoit trop souvent de ne pas se plier aux manières d'attention qu'on lui témoignoit dans un genre & qu'on vouloit qu'il payât dans le sien. D'un esprit actif & prompt, saisissant les idées, avant qu'on les eût exprimées, imaginant déjà tout ce que la langue pesante d'un harangueur intéressé avoit à peine commencé de prononcer ; & par conséquent fatigué de l'attention qu'on exigeoit de lui, & déplaisant par le peu de poids qu'il donnoit aux choses auxquelles on en attachoit le plus & qu'on croyoit mériter le plus de combinaisons ; toujours taxé par ses inférieurs de juger trop légèrement parce qu'il jugeoit trop vite, & que les conclusions les plus juftes n'étoient pas les plus favorables à tous : c'eft ainfi que fes qualités brillantes, auxquelles il ne s'eft pas occupé de donner la forme qu'il falloit pour féduire par elles, ont elles-mêmes contribué à le décrier, & fervent dans tous les inftants d'armes contre lui. Mais fuivons le lorfqu'il entre chez le Roi. On lui demande s'il a acheté des bijoux du Sieur *Bohmer*. Cette queftion faite devant la Reine qu'il croit toujours avoir agi à l'infçu de fon Epoux, lui fait affirmer qu'oui. Il ignore encore s'il ofe ou non trahir fon fecret, & vraiment, à moins d'avoir lû dans fes yeux, fuppofant néceffairement qu'elle n'avoit pas eu le tems de lui faire favoir fes intentions, il devoit défavouer la lettre qui pouvoit la compromettre. Mais quel horrible nuage vient tout-à-coup couvrir toutes fes idées, lorfqu'effuyant des reproches de la Reine elle-même, il eft forcé de convenir que l'original de cette lettre eft en effet de fa main ! On voit clairement que ce n'eft pas la menace de le lui produire qui obtient cet aveu, puifqu'un faux original peut auffi-bien exifter qu'une copie fuppofée. La Reine lui remontre l'invraifemblance de fa bonne-foi ; elle n'imagine pas que Monfieur le Cardinal a pu fe porter avec affez d'aveuglement & de délicateffe à lui faire fa cour, pour qu'elle même ait pu ignorer vis-à-vis de lui le dévouement qu'il y avoit mis ; & véritablement elle ne devoit pas penfer que huit années d'oubli & de froideur obtinffent encore un pareil retour. Cependant, même dans cette feule idée qui occupoit alors l'efprit de la Reine, que Monfieur le Cardinal ne devoit point, par quelque raifon que ce fût, s'être empreffé de feconder fes volontés fecrètes, ne pouvoit-elle pas conclure encore en faveur de Monfieur le Cardinal ? Et celui qui dans la bonne foi étoit affez peu réfléchi & affez inconfidéré que de donner pour fe perdre lui-même un témoignage auffi authentique que la lettre à Bohmer, ne pouvoit-il pas être en même tems affez inconfidéré pour croire que, fans avoir fait d'ailleurs plus d'attention à lui, la Reine pouvoit lui avoir fait l'honneur de le charger d'une commiffion ? On fe perfuade fi facilement ce qu'on defire ! C'étoit une erreur qui n'eût pas féduit un homme ordinaire, qui ne fe mire que dans un eau tranquille, habitué à ne calculer que des chofes du fens commun, dont les idées lentes & mefurées fe combinent à chaque pas qu'il fait : mais c'étoit une erreur qu'on devoit penfer avoir pu entraîner l'efprit vif & agité de Monfieur le Cardinal, en lui faifant adopter par penchant, par paſſion même, un arrangement qui fût propre à nourrir quelque ſentiment, quelque vûe nouvelle, dans les labyrinthes continuels de l'imagination. Le Roi tranquillife la famille. Un roi ne peut preſque jamais faire juſtice d'un Grand, qu'en s'expoſant à outrer ſes propres intentions. Entouré de mille parens & amis d'un coupable, dont chacun regarde ſon honneur perſonnel comme lié à celui qui va ſe flétrir, par quels yeux peut voir le Monarque? Il riſque toujours que ce ſoit par les leurs, & s'il ne prend une réſolution prompte & ferme, il laiſſera impunis tous les crimes qu'il aura apperçus, & ſur leſquels on aura jetté le manteau au moment où ſes regards ſe ſont tournés de ce coté. Il ne peut juger que d'un coup-d'œil; il faut que ce coup-d'œil ſoit plus ſévère encore que juſte. C'eſt pourquoi un ſouverain qui ſe croit le père & le tuteur d'une grande famille, a pour baſe principale dans ſes actions de ce genre le bien eſſentiel d'une partie de ſon royaume, plutôt que les avantages d'un petit nombre, quelque puiſſant & quelque conſidéré qu'il ſoit par lui-même. C'eſt pourquoi Louis XVI. déjà indiſpoſé contre Monſieur le Cardinal, éveillé par mille cris différens & par des exemples tout récens, ſur les ſuites de ſes dépenſes exceſſives, a voulu, pour prévenir la ruine de mille sujets, sacrifier pendant quelque tems à l'humiliation & au repentir un Seigneur qui couroit le chemin de laiffer fans pain & fans exiftence tous ceux qui auroient confié ou livré leur fortune à fes goûts & peut-être à fes befoins. Et cette rigueur fi forte & fi frappante dont il ufe, doit laiffer dans le cœur de Monfieur le Cardinal une impreffion qui foit à l'avenir le garant d'une conduite fi importante, comme elle l'eft à mes yeux du prochain élargiffement de celui qui a bu d'un feul trait le vafe d'expiation & de douleur, réfervé par la providence au peu de ménagement avec lequel il expofoit aux aviliffements de la dernière mifère un fi grand nombre de fes femblables, pour fatisfaire un vertige de luxe, de fafte, & de toute cette pompe dont on étaye toujours fa grandeur quand on la pouffe au delà des degrés qui lui font reconnus.

Si j'approchois du Roi, & que, par une fuppofition prefqu'impoffible, il me fût permis de parler comme je penfe, je dirois: Sire, Votre juftice eft fatisfaite; Vous gemiffez vous-même de votre rigueur. La Reine n'eft-elle point contente d'une punition de tant d'éclat? Voudroit-elle encore de la vengeance? La

colère

colère de Votre Majefté ne fauroit - elle fe calmer ?

Sûrement des raifons particulières, plutôt que celles qui fe débitent, ont été le mobile des actions du Roi & de fa vertueufe Compagne. Quant à moi, je n'ai aucun intérêt à être l'apologifte ou le délateur de Monfieur le Cardinal ; je ne fuis depuis longtems dans aucun rapport avec lui, & fi je prens fa défenfe, c'eft parce que j'aurois peut - être plutôt fujet de m'en plaindre que de m'en louer. Mais j'ai toujours remarqué dans fon génie une forte d'élévation, de droiture & de pénétration, qui me l'ont fait regarder comme un homme rare dont les qualités ne paroiffent pas avec tout leur avantage, parce qu'il ne s'affujettit pas affez pour les montrer dans un certain jour, & pour s'attirer toute l'eftime qu'elles méritent. C'eft une pierre précieufe, qui polie felon des loix moins ordinaires rend un genre d'éclat d'après lequel on n'eft pas encore affez habitué d'en juger le prix.

Je n'ai raifonné que fur ce que je fais des détails de cette affaire : j'ajouterai une remarque qui pourra répandre un nouveau jour fur le caractère & les vues de Monfieur le Cardinal,

)( )(

en prouvant combien il étoit abfolu dans fa confiance comme dans fes goûts , lorfqu'ils l'attachoient par quelque liaifon de conformité avec fa paffion dominante , celle du fafte , de la grandeur & de l'élévation. Caglioftro , un charlatan , qui venoit on ne favoit d'où , qui vivoit on ne favoit encore de quoi , fe difant publiquement médecin , & adepte dans le particulier , qui fembloit avoir ébauché à Strasbourg quelques cures merveilleufes , dont le fuccès finit par être femblable à tous ceux qu'il a eus jufqu'à préfent: Caglioftro , dis-je , s'étoit emparé , comme l'on fait , de l'efprit de Monfieur le Cardinal , exaltoit fon imagination par l'efpoir de trouver quelque jour au moins une mine d'or dans fon creufet , & lui avoit enlevé , avec les combinaifons d'un calcul raifonnable & par conféquent de la conduite mefurée qu'il faut pour ne pas s'égarer , des fommes des plus confidérables. (C'eft un fait aujourd'hui connu dans la province d'Alface , que cet homme avoit emprunté 12 liv. de la fervante d'un chanoine de St. Pierre le vieux qui le logeoit , lorfqu'il reçut , avec la vifite de Monfieur le Cardinal , huit cent Louis pour étrennes des fecrets importans qu'il alloit recueillir chez lui.) Il avoit fallu , pour qu'il excitât l'empreffement de Monfieur le Cardinal , qu'il exigeât de lui affez d'égards, & qu'il femblât fe croire dans une paffe d'affez de confidération pour en couvrir tout le mépris & la haine que méritoit fon caractère. Par ce moyen il l'avoit d'abord attiré jufques chez lui, & cette réferve étoit la feule rufe qu'il lui falloit : car, familiarifés à l'obfervation des détours & des embûches des intrigues communes, les hommes du plus grand jugement ne fe laiffent féduire, même dans quelque vue extraordinaire, qu'aux pièges trop groffiers pour donner lieu à leur fufpicion. C'eft ainfi qu'un fuborneur impudent, a pu tromper, par fa mal-adreffe même, l'efprit le plus jufte hors de fes paffions, & l'éconduire enfin d'une telle forte, que fi l'on pouvoit croire jamais à fon pouvoir plus qu'ordinaire, il faudroit commencer par fuppofer qu'il a eu quelque fecret magique pour le poff99éder de tout l'enthoufiafme néceffaire à fon intérêt & à fes deffeins. Il avoit un train propre à une dépenfe peu mefurée, pour faire croire, par l'indifférence avec laquelle il l'apprécioit, qu'il n'ufoit même que philofophiquement de la fource de tréfors qu'il promettoit. D'abord prêt à quitter l'Alface en échouant par le retard dans l'objet qui l'avoit amené, réduit quelque tems après à fe retirer en Suiffe, où les dégoûts de fon bienfaiteur l'avoient forcé de chercher un genre de vie plus économique parmi des hommes qui n'avoient pas trop d'or pour rifquer de le multiplier dans fes mains: l'époque de la grande vogue du magnétifme animal fut celle qui le réunit de nouveau à Monfieur le Cardinal. Cette découverte accréditée a fait penfer à tous ceux qui s'occupoient de la recherche ou des effets de cette pierre philofophale qui doit tenir lieu de tous les biens, que ce n'étoit qu'une étincelle inutile qu'on avoit laiffé émaner d'une maffe fans comparaifon plus confidérable, & deftinée dans le fecret à l'enfemble des opérations les plus importantes. Caglioftro a pu faire entendre à Monfieur le Cardinal que cette fource ne lui étoit pas inconnue, & la liaifon que beaucoup de perfonnes fuppofent entre les initiés à tous ces grands miftères, venoit à l'appui de cette conjecture ou de cette affertion. Les médecins mêmes qui voyent périr journellement les hommes dans leurs mains, & prefque par les moyens qu'ils employoient pour les fauver, font fur des effets qu'il eft de leur art d'expliquer, & qui font cependant inexplicables, les raifonements les moins mauvais & les moins obfcurs qu'ils peuvent dans les principes de cet art ; tandis que leur penfée la plus intime s'épuife dans toutes les conjectures que peuvent

permettre les bornes imprefcriptibles de l'intel-
ligence humaine.

Qui fait jufqu'où cet homme infidieux, fondé
fur des effets furprenans qu'on annonce de
toute part, & fur l'enthoufiafme avec lequel
on ajoute foi à toutes les circonftances qui
peuvent rendre merveilleux ce qui fans elles,
ou peut-être feulement obfervé avec le fang
froid d'un coup d'œil fûr & pénétrant, n'of-
friroit qu'un enfemble de crédulité & de paffion, qui fait, dis-je, jufqu'à quel point il a
pu monter fucceffivement la tête ardente &
vafte de Monfieur le Cardinal ?

J'ai connu des hommes de beaucoup de fens
qui avoient pouffé la folie jufqu'à fuppofer de
la part des hommes l'influence la plus étendue
de quelque pouvoir fecret dans les fyftêmes les
plus monftrueux, & dont quelques - uns ne
fembloient pas abfolument impoffibles, en ac-
cordant à beaucoup trop d'individus & de gé-
nérations autant d'efprit & d'inquiétude qu'il
en avoient eux-mêmes. Ils alloient jufqu'à fe
défigner les perfonnes qui devoient réunir cette
puiffance, ils faifoient de quelques-uns de leurs
femblables des efpèces de dieux, & leur con-
fioient jufqu'aux rênes des empires par des

moyens imaginés propres à nourrir en eux un besoin de connoître qui s'accroît par les obstaches, avec assez de ressources d'imagination pour s'appuyer de l'opinion la plus éloignée & la plus secrète qu'ils jugent dans les autres en fortifiant chaque mot, chaque geste, chaque action. Ils forment ainsi entre-eux, ou bien avec d'autres à leur insçu, une société éphémère dont tous les membres ne servent qu'à se tromper mutuellement en s'aveuglant euxmêmes. On peut d'un jour à l'autre, avec la simplicité d'un enfant, être regardé par eux comme l'être le plus important, & auquel on rapporte mille choses que la facilité de tout interpréter pourroit aussi-bien faire placer dans quelqu'autre rapport, se confirmant d'autant plus dans leur pensée qu'elle ne peut-être combattue par aucune autre, puisque chacun nourrit la sienne à lui seul, & qu'elle emporte par sa nature la nécessité de se cacher soit pour le danger dans celui qui la regarde absolument comme vraye, soit aussi pour l'extrême ridicule dont on craint de se couvrir si l'on doute encore qu'elle soit véritable.

Chaque passion donne son vernis à ce Colosse de plâtre, toujours aux abois pour se consolider ou pour ne pas crouler, & toujours

ſe ſoutenant par les contorſions les plus péni-
bles; heureux enfin lorſque quelque exploſion
le briſe en éclats, ſi l'on n'eſt pas accablé ſous
ſes ruines !

Je ne haſarderai point de marquer juſqu'à
quel point ces portraits peuvent s'appliquer
à Monſieur le Cardinal dans différens inſtans
de ſa vie. Bien moins établirai-je aucune com-
paraiſon entre lui & le reptile de Caglioſtro,
obligé de ſe replier en tous ſens pour avoir l'air
de ſe jouer d'une ſituation qui auroit pu paroître
rampante & forcée. Trop de nuances de caractère, d'eſprit & de rang, les différencient, quoique réunis, avec des intentions ſûrement oppo-
ſées, ſous un même point de vue, celui des
chimères qui balottoient d'un écueil à l'autre la
bonne-foi de Monſieur le Cardinal dans ſon
entier abandon à cet homme ſi dangereux pour
lui, & qui n'eut même jamais mérité ſes regards
ſans les relations que j'ai citées, & ſans l'eſpoir
dont il avoit beſoin de flatter ſa paſſion dominante, qui dans le même cercle vicieux avoit
été la première ſource de ſes idées fantaſtiques.

Après tout, cette affaire, même éclaircie
par les témoignages raſſemblés, eſt encore une
énigme que le Roi demande qu'on lui explique,

& dont le mot doit se trouver à la fin. Madame de la Mothe dit n'avoir pas vu Monsieur le Cardinal depuis un an, parce qu'elle le regardoit comme insensé ; elle avoue cependant avoir vécu dans l'intrigue, & rejette celle-ci sur Cagliostro qui ne sauroit lui être substitué dans un manège où il eut perdu toute la prépondérance philosophale qu'il lui falloit pour rester dans l'équilibre auprès de Monsieur le Cardinal. Le Roi a pu croire pendant quelques instans Monsieur le Cardinal aussi coupable qu'il pouvoit le paroître, mais sûrement les conclusions même les plus claires qui ont occupé la pensée de Sa Majesté, & qui ont décidé ses mouvemens, se sont effacées ou perdues par les contradictions qu'elles trouvoient en elles-mêmes ; car l'on ne sauroit supposer que la Reine ne se plaise pas à détruire des impressions que les circonstances avoient rendues nécessaires pour l'éclaircissement & la justification d'un fait où son nom & son crédit se trouvoient impliqués, & qui parmi toutes les faces possibles ne peut être regardé que sous celle-là.

MESSIRE CHATELET

ET

L'HONORABLE DAME

SAMARITAINE.

VAUDEVILLE

ENTRE LA SAMARITAINE ET LE CHATELET,

CONTENANT

Des Complaintes et autres choses très-curieuses, relatives à leurs amours.

PARIS,

Chez STAHL, Libraire, rue Saint-Jacques,
N.° 38.

MESSIRE CHATELET,

ET L'HONORABLE DAME
SAMARITAINE.

Messire Chatelet avait soupiré toute
sa vie pour la dame Samaritaine, qui,
toujours en face du Bon-Dieu, avait
fait semblant de ne pas s'en apercevoir;
mais au moment de perdre tous deux le
jour, par un de ces événemens qu'aucune prudence humaine n'aurait pu pré-
voir, il crut devoir s'expliquer d'une manière positive, et découvrir une flamme
qui ne pouvait manquer de bientôt s'é-
teindre ; il le fit avec d'autant plus de
confiance qu'il voyait sa voisine désolée

de sa catastrophe, et que le malheur rend toujours plus sensible; enfin, soulevant la tête du milieu des décombres de son antique forteresse que César avait fait construire, il se tourna vers la Samaritaine qui chantait alors la complainte suivante :

Air : *Tircis est mort,*
ou *Je suis anachorette.*

De la Samaritaine
Plaignez le triste sort,
Vous qui sentez la peine
Que nous cause la mort ;
Deux siècles de service
Tant la nuit que le jour ,
Par le dernier supplice
Sont payés de retour. :

Pleurez, nobles artistes,
Voisins de mes foyers,
Laissez aux journalistes
Vos brosses à souliers;

Laissez-là vos liasses,
Grippes-sous du Palais,
Et que vos paperasses
Se couvrent de cyprès.

Objet de ma tendresse,
Bon peuple de Paris,
Que j'abreuvai sans cesse
Du nectar de mon puits,
Allez à l'aventure,
Faites aux Porcherons,
De ma déconfiture
Rire les vignerons.

Déplorez ma conduite,
Fillettes de quinze ans,
Ici, comme un ermite,
Je passai mal mon tems,
Je crus être plus sage
Ne buvant que de l'eau;
Vous, plutôt du bel âge
Buvez le vin nouveau.

Dans ma triste demeure,
Longtems j'ai fait du bruit,

Pour annoncer chaque heure
Du jour et de la nuit ;
Mais vous, de vos musettes
Tirez un plus beau son,
Sans user les sonnettes
De votre carillon.

Sentant sa fin prochaine,
C'était dans ces couplets,
Que la Samaritaine
Exprimait ses regrets ;
Les passans, pour l'entendre,
Restaient sur le trottoir,
L'artiste le moins tendre
Pleurait sans le vouloir.

M. Châtelet ne put s'empêcher de verser aussi quelques larmes sur le sort de son amie ; mais recueillant tout son courage, il se décide enfin à l'apostropher en ces termes :

7

Air du Haut en bas.

Du haut en bas
Dans la chute qui nous entraîne,
Du haut en bas
Voisine, tendons-nous les bras !
Par le plaisir chassons la peine,
Venez, belle Samaritaine,
Du haut en bas
Mourir doucement dans mes bras.

LA SAMARITAINE.

Air : *Bon voyage, cher Dumollet.*

Bon voyage, grand Châtelet ;
Modérez-mieux votre flamme indiscrète,
Bon voyage, cher Châtelet,
Pour la route gardez votre mollet.

Vous voulez encore me conter fleurettes,
Quand vous êtes déjà rasé tout net
Allez ailleurs chercher une coquette
Qui vous sache gré de votre couplet.

Bon voyage, grand Châtelet, etc.

LE CHATELET.

Air de la Pipe de tabac.

Oh ! comme vous faites la prude,
Lorsqu'on veut vous faire la cour ;
Mais pour un compliment si rude
Je n'userai point de retour.   *bis.*
On sait que, dans votre jeunesse,
Votre air était bien moins hargneux ;
Qu'en face du Bon-Dieu, sans cesse
Vous lui faisiez bien les doux yeux.

Maintenant que votre visage
Du temps atteste les débris,
De ce superbe et froid langage,
Ma foi, je ne suis point surpris.   *bis.*
Quand il est vieux, qu'amour le quitte,
Et qu'il ne peut plus rien tenter,
Le diable enfin se fait ermite,
Et vous cherchez à l'imiter.

9

LA SAMARITAINE.

AIR : *Ah ! monseigneur , ah ! monseigneur ,*
Tout est chez vous dans la rumeur.

Ah ! l'insolent , le médisant ,
Le polisson, l'impertinent !
Vous feriez mieux , sans autre but ,
De penser à votre salut ;
Allez, pour moi, je ne veux rien
Que votre silence et le mien.

LE CHATELET.

AIR : *Oh! mon dieu , que je l'ai échappé belle.*
Oh ! mon dieu, que cette femme est cruelle,
On ne peut jamais rire et bambocher avec elle ,
Oh ! mon dieu, que cette femme est cruelle !
Qu'on a bien raison
D'être avec elle sans façon.

LA SAMARITAINE.

Vous m'insultez , monsieur ! sachez
qu'une femme de mon espèce vaut bien ;
pour le moins, un nid à rats, un vieux

repaire de procureurs , pour ne pas dire . . .

LE CHATELET.

Je vous entends et vous demande bien pardon de vous. avoir manqué ; pour ces rats et ces gens de loi dont vous me parlez, je conviens qu'il est sorti du Petit-Châtelet, mon frère cadet, un rat dont l'énorme grosseur a épouvanté tout Paris ; le fait est trop connu, pour que j'ose en disconvenir ; mais quant aux procureurs, voici ma profession de foi à leur égard.

Air du Vaudeville des Visitandines.

En tout pays la loi suprême ,
L'usage le plus usité
Est de commencer par soi-même
A pratiquer la charité ;

Mes procureurs, ces bons apôtres,
Grace à leur grimoire infernal,
De peur d'aller à l'hôpital,
Avaient soin d'y mener les autres.

LA SAMARITAINE.

Laissons-là les procureurs, voisin, dans l'état où nous sommes nous avons bien autres choses à penser, vous surtout qui, par votre silence, vous êtes rendu complice de tant d'iniquités commises dans votre domicile.

LE CHATELET.

Qu'entendez-vous par ces paroles ?

LA SAMARITAINE.

Ce que j'entends ! il ne me resterait pas assez de tems à vivre pour vous satisfaire ; je n'ai que celui de vous dire :

Air : *Père Capucin.*

Père Châtelet, allez à confesse,
Père Châtelet, vous n'êtes pas net ;
Faites vîte votre paquet,
Voilà le marteau qui paraît,
Ne me parlez plus de votre tendresse,
Père Châtelet, allez à confesse,
Père Châtelet, il faut être net.

LE CHATELET.

Fort bien, la belle *sermoneuse*, je vois bien qu'il m'est impossible d'obtenir de votre part la moindre bagatelle ; mais sachez qu'au lieu de contribuer à mon salut, votre froideur et votre résistance vont plutôt causer ma damnation éternelle ; aussi

Air : *A voyager passant sa vie.*

Ne me parlez point des bigotes
Qui, jamais ne sont avec nous ;
Les vierges qu'on dit si dévotes,
Dans l'autre monde ont leurs époux ;

Mais quels mérites sont les vôtres ?
Vous ne connaissez point d'amis,
En enfer vous plongez les autres,
Pour mieux aller en paradis.

A peine messire Châtelet avait-il achevé de chanter, que de grands coups redoublés abattirent la poutre sur laquelle il se tenait encore debout, et qui l'entraîne dans la chute dont il ne put se relever, tandis que la Samaritaine faisait ses derniers adieux aux bons Parisiens.

Le lecteur, après s'être amusé avec notre pot-pourri, sera sans doute bien aise d'avoir quelques détails sur le Grand-Châtelet, qui est le principal auteur de ces doléances.

Le Grand-Châtelet était d'abord une forteresse que Jules-César fit construire lorsqu'il eut fait la conquête des Gaules ;

il établit à Paris le Conseil souverain de ce pays; qui devait s'assembler tous les ans, et le Proconsul, gouverneur général des Gaules, qui présidait à ce Conseil, demeurait à Paris.

On donna par la suite à ce bâtiment le nom de *Châtelet*, parce qu'il devint le siége de la justice royale ordinaire de la capitale du royaume, et que l'auditoire de cette juridiction fut établi dans une partie de l'ancienne forteresse.

L'antiquité de sa tour, le nom de la *chambre de César*, qui est demeuré par tradition à l'une des chambres de cette tour, l'ancien écriteau qui se voyait encore au commencement du dix-septième siècle, sur une pierre de marbre, au-dessus de l'ouverture d'un bureau, sous l'arcade de cette forteresse, contenant ces mots : *Tributum Cæsaris* , où l'on dit que se faisait la recette des tributs de tout le pays , confirment que non - seulement ce conquérant avait fait bâtir cette forteresse , mais même qu'il y avait fixé sa résidence.

Julien surnommé l'*Apostat* , étant nommé Proconsul des Gaules , vint s'établir à Paris , en 358. Ce Proconsul avait sous lui des Préfets dans les villes pour y rendre la justice.

Le Châtelet fut la demeure des comtes et ensuite des prévôts de Paris. Il fut érigé en présidial en 551.

Il y avait quatre sage - femmes attachées au Châtelet.

C'est au sujet de ces sage - femmes qu'on a fait le morceau suivant.

AIR : *Femmes voulez-vous éprouver.*

Rien de plus rare au Châtelet
Que les veuves, les demoiselles ;
L'amour son seigneur banneret
N'y veut point souffrir de cruelles :
Telle est avec ses procureurs
La rivalité de ses dames,
Que, pour les fruits de leurs labeurs,
Il leur faut quatre sage-femmes.

DE L'IMPRIMERIE DE L. E. HERHAN.

www.ingramcontent.com/pod-product-compliance
Lightning Source LLC
LaVergne TN
LVHW010108060726
842524LV00006B/2395